得獎最多的好書
最好看的偉人傳記

引導兒童進入藝術巨匠與文學大師的豐富生命
啟發孩子欣賞與創造的泉源

兒童文學叢書・藝術家系列／文學家系列

（第二十六屆兒童及少年類金鼎獎）
（第四屆人文類小太陽獎）
（第五屆人文類小太陽獎）
（1998「好書大家讀」年度最佳好書）
（1999「好書大家讀」年度最佳好書）
（2001「好書大家讀」年度最佳好書）

● 藝術家系列書目（共二十冊）

放羊的小孩與上帝：喬托的聖經連環畫
寂寞的天才：達文西之謎
石頭裡的巨人：米開蘭基羅傳奇
光影魔術師：與林布蘭聊天說畫
孤傲的大師：追求完美的塞尚
永恆的沉思者：鬼斧神工話羅丹
非常印象非常美：莫內和他的水蓮世界
流浪的異鄉人：多彩多姿的高更
金黃色的燃燒：梵谷的太陽花
愛跳舞的方格子：蒙德里安的新造型
拿著畫筆當鋤頭：農民畫家米勒
思想與歌謠：克利和他的畫
畫家與芭蕾舞：粉彩大師狄嘉
無聲的吶喊：孟克的精神世界
人生如戲：拉突爾的世界
超級天使下凡塵：最後的貴族拉斐爾
生命之美：維梅爾的祕密
半夢幻半真實：天真的大孩子盧梭
永遠的漂亮寶貝：小巨人羅特列克
騎木馬的藍騎士：康丁斯基的抽象音樂畫

● 文學家系列書目（共十冊）

震撼舞臺的人：戲說莎士比亞
愛跳舞的女文豪：珍・奧斯汀的魅力
醜小鴨變天鵝：童話大師安徒生
怪異酷天才：神祕小說之父愛倫坡
尋夢的苦兒：狄更斯的黑暗與光明
俄羅斯的大橡樹：小說天才屠格涅夫
小小知更鳥：艾爾寇特與小婦人
哈雷彗星來了：馬克・吐溫傳奇
解剖大偵探：柯南・道爾vs.福爾摩斯
軟心腸的狼：命運坎坷的傑克・倫敦

First published
in 1987
by Era Publications,
Australia

Educating Arthur

written by
Amanda Graham
illustrated by
Donna Gynell

Arthur loved
chewing old slippers
for fun,
but sometimes
there were more important
things to do.

阿ㄚ瑟ㄙㄜˋ很ㄏㄣˇ喜ㄒㄧˇ歡ㄏㄨㄢ
咬ㄧㄠˇ著ㄓㄜ˙舊ㄐㄧㄡˋ拖ㄊㄨㄛ鞋ㄒㄧㄝˊ玩ㄨㄢˊ，
但ㄉㄢˋ是ㄕˋ有ㄧㄡˇ時ㄕˊ候ㄏㄡˋ
他ㄊㄚ還ㄏㄞˊ有ㄧㄡˇ更ㄍㄥˋ重ㄓㄨㄥˋ要ㄧㄠˋ的ㄉㄜ˙事ㄕˋ得ㄉㄟˇ做ㄗㄨㄛˋ。

Arthur helped Melanie
to mend her bike.

阿ㄚ 瑟ㄙㄜˋ 幫ㄅㄤ 梅ㄇㄟˊ 蘭ㄌㄢˊ 妮ㄋㄧˊ
修ㄒㄧㄡ 腳ㄐㄧㄠˇ 踏ㄊㄚˋ 車ㄔㄜ 。

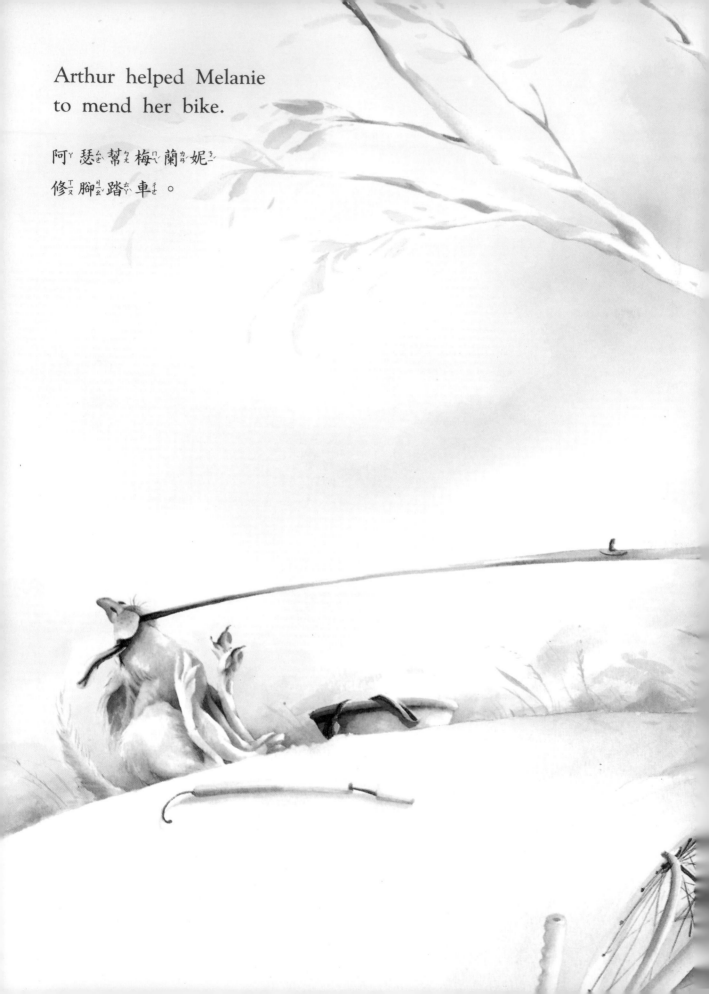

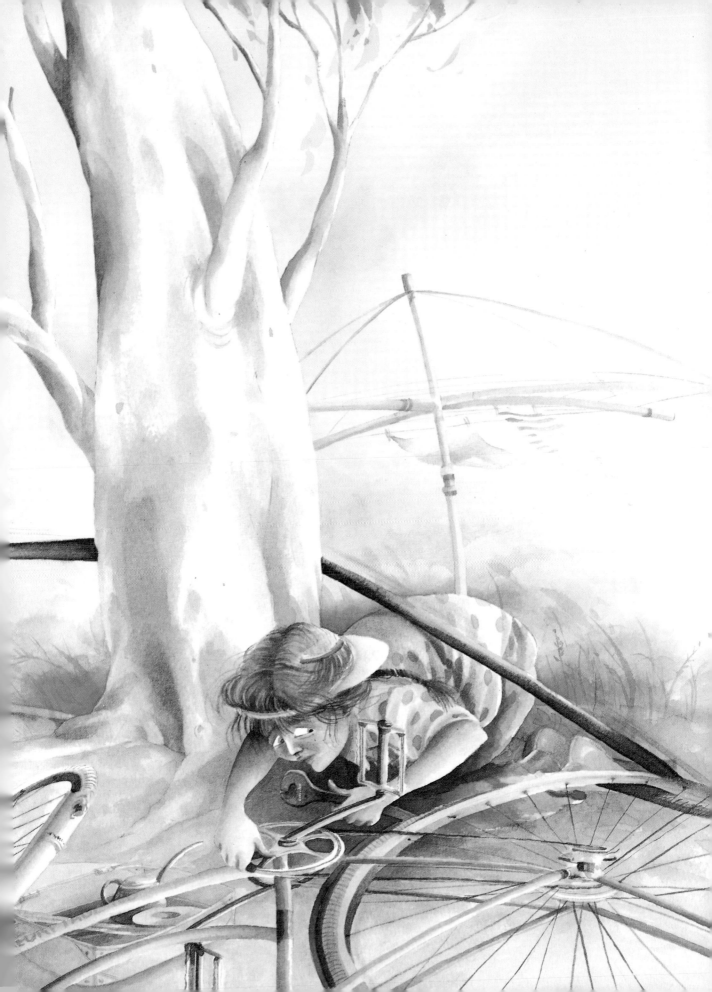

Arthur helped Mrs. James
to pot some plants.

阿ㄚ瑟ㄙㄜ幫ㄅㄤ媽ㄇㄚ媽ㄇㄚ
種ㄓㄨㄥ花ㄏㄨㄚ。

Arthur helped Mr. James
to bake a cake.

阿ㄚ瑟ㄙㄜˋ還ㄏㄞˊ幫ㄅㄤ爸ㄅㄚˋ爸ㄅㄚˋ

做ㄗㄨㄛˋ蛋ㄉㄢˋ糕ㄍㄠ。

Grandpa wasn't sure that Arthur
was really helping at all.
"Arthur wants to help," said Grandpa,
"so we should show him how.
Every time he does something properly,
we shall give him a reward."

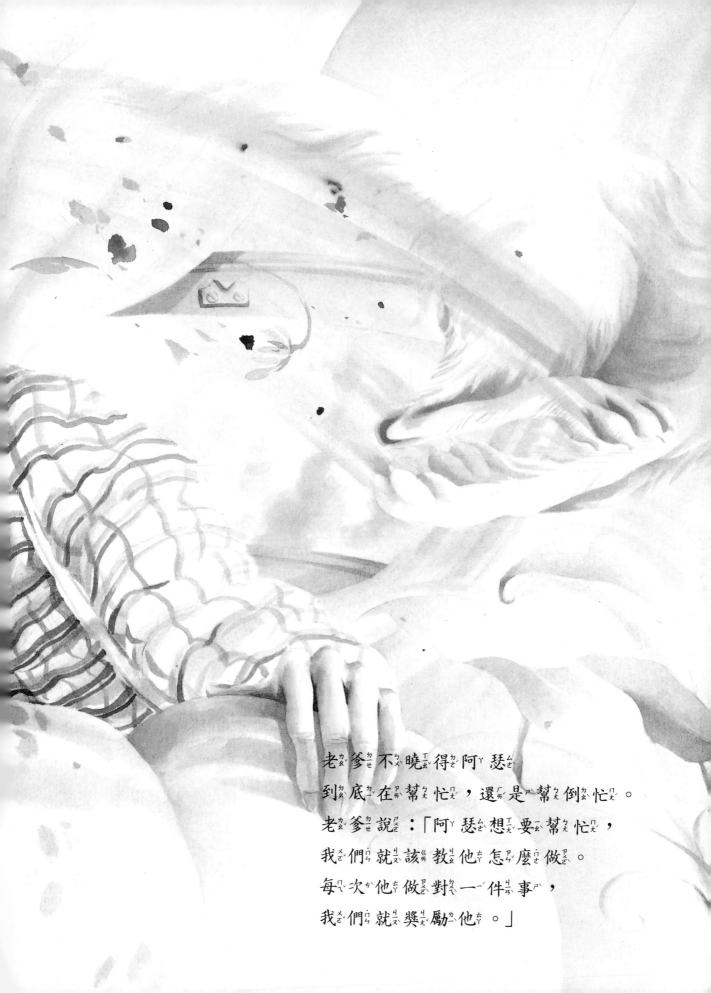

老爹不曉得阿瑟
到底在幫忙，還是幫倒忙。
老爹說：「阿瑟想要幫忙，
我們就該教他怎麼做。
每次他做對一件事，
我們就獎勵他。」

Arthur learned
to put his slippers away
every time Melanie said "slippers."
"Slippers, Arthur."

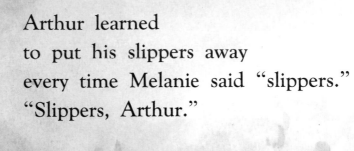

每次梅蘭妮一喊「拖鞋」，
阿瑟就學著把
自己的拖鞋放好。
「阿瑟，拖鞋。」

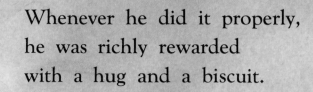

Whenever he did it properly,
he was richly rewarded
with a hug and a biscuit.

只要他做對了，
便會得到豐富的獎品，
梅蘭妮會抱他，給他一片餅乾。

Arthur learned to tidy his basket
every time Grandpa said "tidy."
"Tidy, Arthur."

每次老爹一喊「弄乾淨」，
阿瑟就學著整理自己的籃子。
「阿瑟，弄乾淨。」

Whenever he did it properly,
he was richly rewarded
with two hugs and two biscuits.

"Now," said Grandpa,
"fetching the newspaper.
Fetch, Arthur."

只要他做對了，
就有豐富的獎品。
老爹會抱他兩下，
給他兩片餅乾。

老爹說：
「現在，去拿報紙。
阿瑟，去拿。」

It took quite some time
for Arthur to learn
to fetch the newspaper,
in one piece,

阿瑟這回花了
好一陣子
才學會拿份
完整的報紙。

DUDLEY RE
WINS AT
BELLS
FORMER NURSE
TURNS RABBIT
HUNTER
DONALD AND
NORMAN MEET
AT US OPEN!
BUSYBODY

but whenever he did it properly,
he was richly rewarded
with three hugs and three biscuits.

不過只要他做對了，
就有豐富的獎品，
共有三次抱抱和三片餅乾呢。

Arthur thought his
new ways of helping
were fun,
especially the rewards.
So early one morning,
he decided
to practise helping,
all by himself.
He put his slippers away
and tidied his basket.
Then he ran
into the garden
to fetch the newspaper.

阿瑟覺得自己
剛學會的家事
有趣極了，
尤其是那些獎品。
所以有天一大早，
他決定
自己練習做家事。
他把拖鞋擺好、
把籃子整理乾淨，
然後再跑到
花園裡拿報紙。

Arthur went into Melanie's room
for his hugs and biscuits,
but she was asleep.
He went into Grandpa's room
for his hugs and biscuits,
but Grandpa was asleep too.

阿Y瑟ㄙ跑ㄆㄠˇ進ㄐㄧㄣˋ梅ㄇㄟˊ蘭ㄌㄢˊ妮ㄋㄧˊ的ㄉㄜ˙房ㄈㄤˊ間ㄐㄧㄢ，
想ㄒㄧㄤˇ要ㄧㄠˋ抱ㄅㄠˋ抱ㄅㄠˋ和ㄏㄢˋ餅ㄅㄧㄥˇ乾ㄍㄢ，
可ㄎㄜˇ是ㄕˋ她ㄊㄚ還ㄏㄞˊ在ㄗㄞˋ睡ㄕㄨㄟˋ覺ㄐㄧㄠˋ。
阿Y瑟ㄙ再ㄗㄞˋ跑ㄆㄠˇ到ㄉㄠˋ老ㄌㄠˇ爹ㄉㄧㄝ的ㄉㄜ˙房ㄈㄤˊ間ㄐㄧㄢ，
想ㄒㄧㄤˇ要ㄧㄠˋ抱ㄅㄠˋ抱ㄅㄠˋ和ㄏㄢˋ餅ㄅㄧㄥˇ乾ㄍㄢ，
可ㄎㄜˇ是ㄕˋ老ㄌㄠˇ爹ㄉㄧㄝ也ㄧㄝˇ在ㄗㄞˋ睡ㄕㄨㄟˋ覺ㄐㄧㄠˋ。

So Arthur
collected a reward
all by himself.

於山是ㄕ阿ㄚ瑟ㄙㄜ
便ㄅㄧㄢ做ㄗㄨㄛ了ㄌㄜ豐ㄈㄥ富ㄈㄨ的ㄉㄜ獎ㄐㄧㄤ品ㄆㄧㄣ
給ㄍㄟ自ㄗ己ㄐㄧ嘍ㄌㄡ。

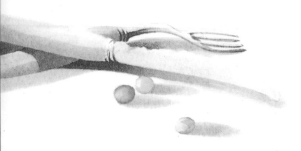

國家圖書館出版品預行編目資料

阿瑟做家事:我愛阿瑟 II / Amanda Graham,
Donna Gynell著; 三民書局編輯部編譯.
－－初版三刷.－－臺北市: 三民，2006
面;　公分

ISBN 957–14–2523–0　(精裝)

859.6

網路書店位址　http://www.sanmin.com.tw

© **阿 瑟 做 家 事**
——我愛阿瑟 II

著作人　Amanda Graham　Donna Gynell
編譯者　三民書局編輯部
發行人　劉振強
著作財
產權人　三民書局股份有限公司
　　　　臺北市復興北路386號
發行所　三民書局股份有限公司
　　　　地址／臺北市復興北路386號
　　　　電話／(02)25006600
　　　　郵撥／0009998–5
印刷所　三民書局股份有限公司
門市部　復北店／臺北市復興北路386號
　　　　重南店／臺北市重慶南路一段61號
初版一刷　1997年1月
初版三刷　2006年1月
編　號　S 853451
精裝定價　新臺幣貳佰元整
平裝定價　新臺幣壹佰陸拾元整
行政院新聞局登記證局版臺業字第○二○○號